Eliana Alves Cruz
Estevão Ribeiro

personalidades negras

Clementina ou "Quelé", como era carinhosamente chamada, desde menininha adorava dançar e cantar o Jongo, ritmo africano ao som de tambores, pela cidade de Valença, onde nascera.

Aos oito anos, mudou-se com os seus pais para a comunidade da Mangueira, no Rio de Janeiro, e conheceu as escolas de samba, blocos e artistas que fizeram a história do Carnaval. Durante um período, trabalhou como lavadeira e empregada doméstica.

Aos 60 anos, finalmente gravou seu primeiro disco. E não parou mais! Entrou para a história como uma grande sambista e divulgadora das heranças africanas na música.

Quelé, vamos jongar?!
Vamos!

Nei Braz Lopes gosta de brincar... com as palavras! Nascido no bairro de Irajá, no subúrbio carioca, ele é um dos grandes compositores brasileiros, mas é também poeta, contista, romancista, pesquisador da cultura afro-brasileira... ufa! Nei tem mais de dezenas de livros publicados e centenas de canções que foram cantadas pelos maiores nomes da música popular brasileira.

O Nei é tão importante para a cultura brasileira que recebeu o título de Doutor em quatro universidades federais e ganhou a medalha do Rio Branco, notável condecoração oferecida pelo governo brasileiro.

Viva Nei!

"Amigo é coisa pra se guardar debaixo de sete chaves, dentro do coração". Quem nunca ouviu essa música? Este é um verso de Canção da América, do Milton Nascimento, ou simplesmente "Bituca". O menino Bituca nasceu no Rio de Janeiro, mas foi criado em Minas Gerais.

Milton é extremamente inteligente. Ainda criança, aprendeu a tocar sanfona sozinho, e ao longo da vida fez algumas das músicas brasileiras mais famosas, como Coração de estudante, Maria, Maria e Travessia.

Mundialmente conhecido, Milton "Bituca" Nascimento é um dos maiores artistas da música popular brasileira de todos os tempos.

Solta a voz na estrada, Bituca!

Ruth nasceu no Rio de Janeiro, mas viveu até os nove anos em uma fazenda na pequena cidade mineira de Porto Marinho. Quando seu pai faleceu, ela e a mãe voltaram à capital carioca para morar em uma vila de lavadeira em Copacabana. Um dia ela foi assistir a um espetáculo no Teatro Municipal e ficou encantada. Folheando revistas, Ruth descobriu um grupo chamado Teatro Experimental do Negro, liderado por Abdias do Nascimento, e não teve dúvidas, seria uma atriz!

Ruth se dedicou, foi indicada para estudar um ano nos Estados Unidos e, quando voltou, fez dezenas de filmes e peças. Foi a primeira atriz negra brasileira a protagonizar uma novela, A cabana do Pai Tomás (1969), na TV Globo. Ruth teve uma carreira muito longa e bonita, e hoje é amada e lembrada por todos os atores brasileiros como uma referência para o Brasil.

Ruth é realeza!

Sebastião Bernardes de Souza Prata, o Grande Otelo, sabia fazer todo mundo sorrir em Uberlândia, a cidade mineira onde nasceu. Com oito anos lotou um espetáculo de circo, atuando junto com o palhaço da companhia. Bastiãozinho, como era conhecido, arrasou! Mais tarde seguiu com uma companhia de teatro para São Paulo, começando uma carreira longa e de sucesso.

Participou da Companhia Negra de Revista, fundada por outro ator negro, De Chocolat, e que tinha ninguém mais, ninguém menos que o músico Pixinguinha como maestro. Grande Otelo chamou a atenção de importantes artistas de sua época, como a atriz negra norte-americana Josephine Baker e o diretor de cinema também norte-americano Orson Welles. Grande Otelo participou de filmes e novelas que estão na história das artes no Brasil!

Grande, não!
Gigante Otelo!

Luiz Lázaro Sacramento de Araújo Ramos é um dos grandes atores brasileiros da atualidade, mas seu caminho vem de muito tempo, quando tinha apenas 10 anos e participava de pequenos trabalhos no teatro em Salvador, Bahia. Quando completou 15, decidiu ser realmente um ator e finalmente encontrou sua turma. Imagine um grupo grande com muito talento e criatividade. Pois é! Foi no Bando de Teatro Olodum que Lázaro Ramos brilhou nos anos 90, transformando-se em um profissional completo e competente.

Com muitos filmes e novelas no currículo, Lázaro concorreu ao Emmy, grande prêmio da TV nos Estados Unidos. Ele atua, produz, dirige, canta e escreve literatura.

É um artista completo com muita história para contar e emocionar.

A grande artista do balé e da dança afro no Brasil tem nome: Mercedes Ignácia da Silva Krieger!

Mercedes nasceu na cidade de Campos dos Goytacazes, norte do Rio de Janeiro, e se mudou para a capital ainda jovem com sua mãe, a costureira Maria Ignácia da Silva. Ela trabalhou muito e fez um pouquinho de tudo, inclusive, trabalhar na bilheteria de um cinema.

Os filmes a inspiraram a querer também ser uma artista e ela decidiu se dedicar à dança. Quando tinha 24 anos, destacou-se nas escolas, unindo as danças populares às clássicas, e aos 27 se tornou a primeira bailarina negra no corpo de dança do Teatro Municipal.

Mercedes lutou muito contra o preconceito dentro do lugar onde sempre havia sonhado estar, mas o talento a levou para dançar nos Estados Unidos e, quando voltou ao Brasil, fez carreira montando sua própria escola de dança. Além do mundo da dança, ela colaborou com o samba e o teatro, e por isso foi homenageada por diversas escolas de samba.

Dança, Mercedes!

José Carlos Arandiba, o Zebrinha, conta a história da dança com o corpo desde pequeno. Nascido e criado em Salvador, capital da Bahia, em 10 de novembro de 1954, ele descobriu a paixão pela dança quando, em uma apresentação de ciências, resolveu mostrar como uma molécula de água funciona... dançando!

Aos 17 anos integrou o Grupo Folclórico Exaltação à Bahia e nunca mais parou. Continuou estudando, mesmo tendo que lutar contra o preconceito de ser um homem preto coreógrafo. Atuou em diversos espetáculos teatrais e trabalhou com grandes nomes da música, entre eles a inesquecível cantora norte-americana Tina Turner.

Zebrinha dedica sua vida à formação de dançarinos e dançarinas que participam de grandes produções internacionais.

Dá-lhe, Zebrinha!

Gente como Ingrid não nasce, estreia! No dia 26 de novembro de 1989, em Benfica, região norte do Rio de Janeiro, Ingrid Oliveira Silva foi apresentada ao mundo.

Em 1996, com apenas oito anos, ela começou sua trajetória no balé no projeto Dançando Para Não Dançar. Seguiu firme a sua história até chegar, aos 18 anos, a uma companhia de Nova Iorque, e foi lá que Ingrid percebeu que as roupas "cor da pele" não eram da sua cor.

Como não havia sapatilhas da cor dos seus pés e pernas, Ingrid pintava suas sapatilhas a mão com maquiagem. Sua história ganhou o mundo da dança e uma empresa decidiu fazer sapatilhas no tom de sua pele para a presentear.

Hoje muitas meninas negras podem dançar com sapatilhas com a cor real de sua pele graças à ousadia e criatividade desta bailarina brasileira.

Ingrid Silva é dança, sonho e resistência!

"Um Pierrot apaixonado, que vivia só cantando...". Você certamente já ouviu essa marchinha de carnaval, pois ela é de autoria de Noel Rosa e Heitor dos Prazeres, um compositor, cantor e pintor carioca que participou da criação das primeiras escolas de samba, entre elas Mangueira e Portela.

Foi Heitor quem escolheu o azul e branco da Portela. E olha que, certamente, ele deu sorte à escola, porque em 1929 a Portela foi a primeira vencedora do concurso de escolas com sua composição "Não adianta chorar".

O talento de Heitor vinha de família. Filho do marceneiro e clarinetista da Guarda Nacional Eduardo Alexandre dos Prazeres e da costureira Celestina Gonçalves Martins, foi engraxate, jornaleiro e ajudante... de quê? Marceneiro!

Mas seu talento estava mesmo no cavaquinho que havia ganhado de um tio. Depois de frequentar a casa de Tia Ciata, mergulhou no samba, representado também em lindas telas que pintava.

Heitor era um artista completo, para a nossa sorte!

Abdias do Nascimento foi um homem de muitas lutas pelos direitos das pessoas negras, além de escritor, dramaturgo, político, artista plástico, ator e professor universitário! Ufa! Ele ainda foi deputado e senador, sempre trabalhando pela arte e pelo direito à liberdade.

Nascido em Franca, interior de São Paulo, no ano de 1914, Abdias conviveu com o racismo e o preconceito desde cedo, entendendo sua missão ainda bem jovem. Neto de africanos escravizados e filho de sapateiro, formou-se aos 14 anos em contabilidade e se tornou economista pela Universidade do Rio de Janeiro aos 24.

Fundou o Teatro Experimental do negro em 1944, importante organização que revelou muitos e muitas artistas importantes para a cultura brasileira, além de ser uma das primeiras na formação de práticas antirracistas que são conhecidas até hoje.

Escritor de obras traduzidas e pintor de obras conhecidas no mundo todo, Abdias lutou pelo orgulho negro até os 97 anos e será lembrado para sempre!

Abdias Nascimento nasceu muitos!

Nascida em São Paulo em 1989, Aline Bispo é multiartista visual e ilustradora, que mostra em seus trabalhos várias faces da miscigenação brasileira. É autora de capas famosas, como a do livro Torto Arado, do autor Itamar Vieira Jr., que está entre os mais vendidos e premiados do país.

Aline não está apenas nas galerias, capas e museus. Ela possui obras de grandes formatos em diversos espaços nas cidades, inclusive em coleções de moda de grandes marcas de roupas. Ela traz em suas obras a memória afetiva de um Brasil às vezes dolorido, mas diverso, rico e colorido.

Que artista!

Afonso Henriques Lima Barreto nasceu em Laranjeiras, Rio de Janeiro, no dia 13 de maio de 1881. Isso mesmo, apenas sete anos antes da abolição da escravatura, e exatamente neste ano, ainda muito criança, ele perdeu sua mãe.

Outro momento marcante e triste da vida de Lima foi quando, aos 23 anos, precisou interromper o curso de Engenharia para cuidar dos três irmãos e de seu pai, que sofria de uma doença psiquiátrica.

Em 1904, prestou concurso para escriturário do Ministério da Guerra e lá trabalhou até se aposentar. Nesse meio tempo se tornou jornalista e um dos grandes escritores brasileiros, com textos carregados de humor, ironia e crítica ao seu tempo.

Entre suas obras, destacam-se os livros Triste Fim de Policarpo Quaresma e Clara dos Anjos.

Lima teve uma vida difícil e breve, até os 41 anos, mas sua obra é para sempre.

Salve, Lima Barreto!

Nascida na cidade de Sacramento, em Minas Gerais, em 14 de março de 1914, Carolina estudou apenas até o que hoje é o terceiro ano do ensino fundamental. Sua primeira leitura em livro foi... um dicionário! Isso explica o seu vocabulário rico e como ela aprendeu o significado de tantas coisas.

Filha de uma família pobre de lavradores, Carolina passou por muitos momentos duros e chegou até a ser presa acusada de bruxaria. Adivinhem por qual motivo? Por saber ler!

Em 1937 ela se mudou para São Paulo e foi morar na Favela do Canindé, onde teve três filhos e os sustentou coletando papéis nas ruas. Foi lá também que ela escreveu seu famoso diário, contando o seu dia a dia e o da vizinhança, mais tarde publicado com o auxílio do jornalista Audálio Dantas no livro Quarto te despejo: diário de uma favelada.

Em pouquíssimo tempo o livro se tornou um sucesso e transformou Carolina em uma escritora conhecida por todo o Brasil e em muitos países, mudando totalmente a sua realidade. Ela também era uma artista múltipla. Escreveu outros livros, compôs, cantou e desenhou algumas de suas próprias roupas.

Ela nos deixou em 1977, mas vive em nome de ruas, prêmios e é inspiração para muitas outras mulheres negras brasileiras.

Carolina Maria de Jesus, presente!

Maria da Conceição Evaristo de Brito é uma mineira nascida em Belo Horizonte em 29 de novembro de 1946, a segunda de nove irmãos.

Antes do Brasil e do mundo a conhecerem como uma das maiores autoras brasileiras vivas, Conceição Evaristo passou por todas as dificuldades como moradora da extinta favela do Pindura Saia, em Belo Horizonte. E assim como Carolina Maria de Jesus, precisou trabalhar duro para sobreviver.

Em 1973, quando se mudou para o Rio de Janeiro, já era professora formada. Ela ensinou nas escolas públicas do Rio até se aposentar em 2006.

Sua estreia na literatura foi no ano de 1990, aos 44 anos, quando alguns de seus poemas foram incluídos no volume 13 da coletânea Cadernos Negros. Em 2003 finalmente publicou seu primeiro romance, Ponciá Vicêncio, e desde então encanta e comove pessoas pelo mundo com personagens do povo, com experiências sofridas, mas cheios de poesia e beleza.

Conceição Evaristo é poetisa, romancista e contista, doutora em literatura, integrante da Academia Mineira de Letras e intelectual brasileira das mais importantes.

Avante, Conceição!

Luís Gonzaga Pinto da Gama nasceu em Salvador no dia 21 de junho de 1830 e tem sua vida ligada à sede por liberdade desde a infância. Acredita-se que sua mãe foi Luiza Mahin, uma quitandeira envolvida em movimentos de resistência contra a escravização, como a Revolta dos Malês e a Sabinada. Esse envolvimento a obrigou a fugir da Bahia e se instalar no Rio de Janeiro, deixando Luís Gama com o pai, um homem branco.

O pai de Luís o vendeu como escravizado aos 10 anos de idade. Assim, depois de uma passagem pelo Rio de Janeiro, onde trabalhou em uma fábrica de velas, ele foi vendido novamente e parou em São Paulo, onde aprendeu a ler com um hóspede de seu escravizador.

Luís Gama nunca mais parou de estudar e se tornou funcionário público, um dos mais notáveis jornalistas de São Paulo e, finalmente, um dos maiores intelectuais do país.

Defensor das causas públicas e abolicionista, ajudou na libertação de centenas de pessoas, baseado nas leis que ainda não proibiam a escravidão, mas o tráfico de escravizados.

Ele não chegou a ver a abolição oficial da escravatura, pois faleceu seis anos antes, aos 52 anos, deixando seu nome na história do Brasil.

Viva a liberdade!
Viva Luís Gama!

Este não só virou notícia cedo, como fez notícia desde pequenino! Rene Silva dos Santos nasceu no Rio de Janeiro em 25 de outubro de 1994 e, morador do Complexo do Alemão, com apenas 11 anos, convenceu os professores da escola a abrirem um lugar para ele no time do jornal estudantil da época.

A experiência o fez tomar gosto pela coisa e recrutar quatro outras crianças. Assim, fundou seu próprio jornal, que falava sobre o lado bom da comunidade, vista nos grandes jornais apenas como um lugar de violência.

Rene se tornou um grande ativista dos direitos dos moradores de favelas e fundador da organização não governamental Voz das Comunidades, que faz ações de valorização das periferias. Sendo um veículo de comunicação que fala sobre cultura, política, esportes, cotidiano e educação, promovendo a cidadania.

Extra! Extra!
Rene Silva é notícia!

Cria da favela da Maré, no Rio de Janeiro, Anielle Franco é uma das vozes mais poderosas da nova geração que luta pelos direitos humanos para a população da periferia.

Nascida em 3 de maio de 1984, aos oito anos começou uma promissora carreira esportiva como jogadora de vôlei. Ela jogou profissionalmente no Vasco e no Flamengo, mas não parou por aí. Com apenas 16 anos, ganhou bolsas de estudos para jogar em escolas dos Estados Unidos, formando-se em jornalismo, inglês e literatura em conceituadas universidades norte-americanas.

Na volta ao Brasil deu aulas de inglês e, em 2016, ajudou na eleição para vereadora da sua irmã mais velha, Marielle Franco. Depois de um violento ataque à vereadora, que terminou em sua morte, Anielle e sua família se engajaram com toda força na busca por justiça, fundando o instituto Marielle Franco para continuar o legado da irmã.

Em dezembro de 2022, aos 37 anos, ela se tornou a Ministra da Igualdade Racial do governo de Luiz Inácio Lula da Silva.

A luta sempre continua, Anielle!

Anielle Franco

3 de maio de 1984

André Rebouças

13 de janeiro de 1838
9 de maio de 1898

Engenheiro, professor e abolicionista. Este era André Pinto Rebouças, nascido em Cachoeira, cidade baiana, no dia 13 de janeiro de 1838. Filho do advogado Antônio Pereira Rebouças e da comerciante Carolina Pinto Rebouças.

A família de André Rebouças tinha uma situação bem diferente das famílias negras da época, pois seu pai foi eleito deputado pela Bahia para Parlamento Imperial, fazendo com que se mudassem para o Rio de Janeiro.

Ele e seu inseparável irmão, Antônio Rebouças, tiveram educação nas melhores escolas da corte e na Europa, porém isso não o protegia do preconceito contra pessoas da cor de sua pele.

Formou-se engenheiro e atuou em diversos acontecimentos transformadores para o Império. Foi amigo da Família Imperial e nutria profunda admiração por Dom Pedro II.

Durante a Guerra do Paraguai, com 26 anos, se tornou tenente e ajudou as tropas brasileiras com suas táticas. No Rio de Janeiro, planejou e construiu as docas da Alfândega, da Gamboa e a rede de abastecimento de água para a cidade.

Fez parte de um grupo de abolicionistas com grandes nomes, como José do Patrocínio, Joaquim Nabuco e Luís Gama, articulando, administrando fundos, organizando as manifestações e ajudando a fundar diversas sociedades. André viu a Lei Áurea ser assinada em 1888.

Quando a República foi declarada em 1889, ele foi para o exílio com a Família Imperial, falecendo dez anos depois.

André deixou um legado de construções e obras, mas principalmente na luta por liberdade e igualdade de todas as pessoas negras brasileiras.

André Rebouças para sempre!

O médico e psiquiatra Juliano Moreira nasceu em Salvador, Bahia, em 6 de janeiro de 1872. Sua mãe, Galdina Joaquina do Amaral, trabalhava na casa do Barão de Itapuã. Apenas depois da morte da mãe, quando Juliano tinha 13 anos, ele foi registrado como filho do português inspetor de iluminação pública Manoel do Carmo Moreira Júnior.

Juliano foi precoce em tudo que realizou. Aos 13 anos, entrou na Faculdade de Medicina da Bahia e, com apenas 18, formou-se como um dos primeiros médicos negros do país, segundo a Academia Brasileira de Ciências.

Dedicou sua vida a colaborar com o estudo da psiquiatria, lutando contra o racismo científico que apontava pessoas negras como inferiores geneticamente. Juliano é considerado o fundador da disciplina psiquiátrica no Brasil.

Em 1903 assumiu a direção do Hospício Nacional de Alienados no Rio de Janeiro, abolindo o uso de camisas de força e grades, dando atendimento humanizado a adultos e crianças.

Recebeu, como vice-presidente da Academia Brasileira de Ciências, o físico Albert Einstein em sua primeira visita ao Brasil. Faleceu em 1933, deixando seu nome na história do Brasil e nos livros de ciências do mundo.

Juliano Moreira
6 de janeiro de 1872
2 de maio de 1933

Salve Juliano Moreira, aquele que acreditava na ciência!

Jaqueline Goes
19 de outubro de 1989

Cientista, negra e baiana, Jaqueline Goes de Jesus nasceu em Salvador no dia 19 de outubro de 1989. Desde pequena, sonhava em curar pessoas, e isso a fez se dedicar à Biomedicina, formando-se na área pela Escola Bahiana de Medicina e Saúde Pública. Além de graduada, Jaqueline tem outros títulos, sempre voltados para sua missão de salvar vidas.

Ela veio de uma família que valoriza e leva muito a sério a educação, pois é filha de uma pedagoga e de um engenheiro. Jaqueline acredita que o acesso democrático à educação é essencial para que as pessoas negras possam alcançar todo o seu potencial.

Doutora Jaqueline é responsável por um grande feito da ciência dos nossos tempos: juntamente com sua equipe, sequenciou o genoma do Covid-19 em tempo recorde, possibilitando saber mais do vírus altamente letal que causou a pandemia iniciada em fevereiro de 2020.

Graças a uma vontade de criança, Jaqueline, aos 31 anos, deu sua colaboração para a humanidade quando esta mais precisou.

Obrigada, doutora Jaqueline Góes de Jesus!

Quem já ouviu a história de Miguel do Carmo ou, como era chamado, "Migué do Carmo"? Ele é considerado por alguns historiadores como o primeiro jogador negro de um clube brasileiro de futebol.

Nascido em 10 de abril de 1885 em Jundiaí, interior paulista, Miguel trabalhava como segundo fiscal na Companhia Paulista de Estradas de Ferro de Campinas, mas seu grande fascínio era pelo futebol. O esporte foi trazido para o Brasil e na época era jogado por pessoas brancas e de elite. Em alguns clubes, a proibição de pessoas negras no time estava no estatuto.

No ano de 1900, aos 15 anos, no bairro Ponte Preta, Miguel do Carmo ajudou a fundar com outros rapazes a Associação Atlética Ponte Preta, hoje tradicional agremiação de Campinas. Ele jogou por lá na posição do que chamavam na época de "center-half", hoje conhecida como "volante" (aquele atleta que atua no meio do campo).

No ano de 1904, Miguel foi transferido de volta à cidade de Jundiaí pela Companhia de Estradas de Ferro, mas já havia colocado o seu nome na história do esporte brasileiro. Partiu em 1932 por complicações em uma cirurgia no intestino, mas, por sua ousadia e pioneirismo, nunca será esquecido.

Miguel do Carmo foi um golaço!

Miguel do Carmo
10 de abril de 1885 – 1932

Aída do Santos
1 de março de 1937

O que você faz quando encontra um obstáculo? Você passa por cima? No caso de Aída dos Santos Menezes, uma carioca nascida em 1º de março de 1937, saltar os obstáculos era sua própria vida.

Atleta do salto em altura, Aída se classificou para as Olimpíadas de Tóquio de 1964, um mês antes dos jogos, tendo pouquíssimo tempo para se organizar. Única mulher daquela delegação brasileira, ela não recebeu material oficial algum. Nem mesmo o uniforme do país, tendo que usar o do torneio Ibero-Americano, do qual havia participado meses antes.

Sozinha nos espaços dedicados às delegações femininas, Aída dependia de equipamentos e da boa vontade de colegas estrangeiras. Ela treinava descalça ou com sapatos muito inadequados.

Mesmo com todos os problemas, Aída foi passando de fase até a decisão, sendo a primeira mulher brasileira a chegar em uma final olímpica, terminando em quarto lugar.

Sem deixar o esporte, formou-se em Geografia, Educação Física e Pedagogia e se tornou professora de Educação Física. Seu feito nas Olimpíadas do Japão é visto até hoje como um exemplo de perseverança e força.

Salta para o mundo, Aída!

Rebeca Rodrigues de Andrade nasceu em Guarulhos em 8 de maio de 1999 e desde os quatro anos tem uma paixão: a ginástica!

Sempre com o apoio da mãe Rosa Rodrigues, que trabalhava como faxineira para sustentar a ela e mais sete irmãos, Rebeca chegou a ficar um tempo longe do esporte, até que técnicos se organizaram em um esquema de rodízio para levá-la aos treinos. Depois, com dificuldades, dona Rosa juntou dinheiro para comprar uma bicicleta para que um dos irmãos de Rebeca a levasse.

Aos 10 anos mudou-se sozinha para Curitiba em busca de melhores condições de treino e em seguida se tornou atleta do Flamengo. Fez sua estreia internacional aos 13 anos no Pan-Americano de Ginástica Artística de 2012, na Colômbia, onde conquistou junto com a seleção brasileira uma medalha de prata.

Entre muitos desafios de sua carreira, superou três cirurgias e é dona de duas medalhas olímpicas, ambas conquistadas nos Jogos de Tóquio de 2020: ouro no Salto e prata no Individual de Equipes, consagrando-se como um dos grandes fenômenos do esporte brasileiro!

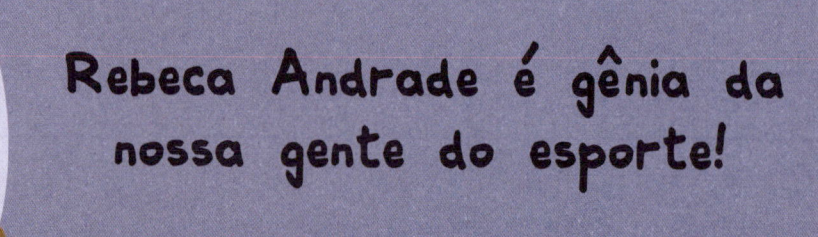

Rebeca Andrade é gênia da nossa gente do esporte!

Rebeca Andrade
8 de maio de 1999

José do Patrocínio

9 de outubro de 1853
29 de janeiro de 1905

José Carlos do Patrocínio nasceu em Campos, Rio de Janeiro, em 9 de outubro de 1853 e foi jornalista, orador, poeta e romancista. Filho de um padre com uma jovem escravizada, nasceu livre, mas viu de perto os horrores da escravidão e tornou-se abolicionista por convicção.

Estudou Farmácia na Faculdade de Medicina do Rio de Janeiro, mas seguiu em sua busca por uma vida mais justa atuando como jornalista. No jornal Gazeta de Notícias escreveu sobre a abolição da escravatura sob o pseudônimo Notus Ferrão.

Foi introdutor do automóvel no Brasil e idealizador da Guarda Negra, formada por ex-escravizados e precursora do movimento negro no Brasil. Foi também um dos fundadores da Academia Brasileira de Letras, ocupando a cadeira nº 21.

Fundou a Confederação Abolicionista e deixou seu nome na história como um dos maiores ativistas no país contra o perverso sistema escravocrata. Por suas convicções ficou conhecido como o "Tigre da Abolição".

Faleceu em 29 de janeiro de 1905, fazendo o que mais gostava: escrevendo.

José do Patrocínio, Viva a abolição!

Geógrafo, escritor, cientista, jornalista, advogado e professor universitário, Milton Almeida dos Santos foi um dos pensadores brasileiros mais renomados do século 20, pois escreveu 40 livros e foi professor de universidades que figuram entre as melhores do mundo no Brasil e no exterior.

Nascido em Brotas de Macaúbas, na Bahia, em 3 de maio de 1926, Milton se formou em Direito, mas foi a Geografia que o fisgou. Estudou a disciplina primeiro na Bahia, depois na França e, em 1950, chegou a voltar ao Brasil, mas precisou sair do país outra vez durante a Ditadura Militar, morando em diversos lugares.

Foi professor emérito da Universidade de São Paulo e, entre as dezenas de prêmios que recebeu, está o Vautrin Lud, considerado o Prêmio Nobel da Geografia.

Escreveu livros se posicionando sobre política, movimentos sociais, educação, racismo, migrações e a importância da cidadania no Brasil.

Faleceu aos 75 anos, deixando uma vasta colaboração para a geografia mundial.

O mundo é seu, Milton!

Milton Santos

3 de maio de 1926
24 de junho de 2001

A filósofa, escritora e ativista Aparecida Sueli Carneiro nasceu em 24 de junho de 1950, em São Paulo, numa família de sete filhos. Ela é uma das principais vozes do feminismo negro brasileiro.

Sueli Carneiro
24 de junho de 1950

Sueli foi alfabetizada pela mãe e estudou em escola pública a vida toda. Formou-se em filosofia pela Universidade de São Paulo, onde teve seu primeiro contato com teorias feministas e negritude brasileira.

Militante incansável, fundou em 30 de abril de 1988 o Geledés - Instituto da Mulher Negra, organização social antirracista que realiza programas importantes na luta por igualdade e melhores condições de vida para a população negra brasileira. Alguns deles são o SOS Racismo, que auxiliou que este crime fosse visto e tratado como violação de direitos humanos, e o Projeto Rappers, onde os jovens promovem consciência e cidadania para outros jovens.

Dona de um conhecimento ímpar sobre a luta contra a morte da sabedoria de um povo, Sueli segue escrevendo sobre o tema, colaborando com o conhecimento de gerações. Ela foi a primeira mulher negra a receber o título de Doutora Honoris-Causa (um título dado por universidades para pessoas que são consideradas destaques na sociedade) da Universidade de Brasília.

Sueli Carneiro é pensadora genial da nossa gente!

A primeira mulher eleita no país nasceu em 11 de julho de 1901, em Florianópolis, capital de Santa Catarina. Antonieta perdeu o pai, Rodolfo de Barros, ainda criança, sendo criada pela mãe, Catarina de Barros, que a sustentava com o ofício de lavadeira.

Alfabetizada aos cinco anos, Antonieta foi a primeira da família a completar o ciclo de ensino e, a partir daí, ensinou muita gente a também descobrir o mistério das letras. Ela fundou o Curso Particular Antonieta de Barros, onde se manteve na direção até o fim da vida.

Em 1934, a primeira eleição em que as mulheres podiam votar e serem votadas, Antonieta concorreu à vaga de deputada na Assembleia Legislativa do Estado de Santa Catarina e ficou como suplente, conquistando a vaga logo em seguida.

Reconhecendo o valor dos professores e professoras, ela criou a lei que instituiu o Dia do Professor, celebrado em 15 de outubro, e o feriado escolar.

Faleceu no dia 28 de março de 1952, deixando seu legado de pioneira na educação.

Antonieta de Barros, uma professora e uma deputada inesquecível!

Antonieta de Barros

11 de julho de 1901
28 de março de 1952

Benedita da Silva

26 de abril de 1942

Benedita Souza da Silva nasceu em 26 de abril de 1942 e é ativista do movimento negro carioca. Filha de José Tobias de Sousa, pedreiro, e de Maria da Conceição de Sousa, lavadeira, Benedita nunca foi de correr de trabalho. Já foi doméstica, vendedora, operária, servente de escola, auxiliar de enfermagem e professora.

Nos anos 1970 se tornou líder comunitária da Associação de Moradores do Morro do Chapéu Mangueira. Nas eleições de 1982 se candidatou, tornando-se a primeira mulher negra na câmara de vereadores do Rio de Janeiro. São 40 anos de vida pública e ela já foi senadora, deputada federal, ministra, vice-governadora e govenadora do Rio de Janeiro.

Entre muitas coisas, é de Benedita da Silva o projeto que pôs Zumbi dos Palmares entre os heróis nacionais e a lei a favor dos direitos trabalhistas para as empregadas domésticas.

Benedita da Silva, uma representante do povo!

Marielle Francisco da Silva, conhecida como Marielle Franco, nasceu em 27 de julho de 1979, no Rio de Janeiro, e foi socióloga e política feminista. Criada no Complexo da Maré, convivia com a violência de perto e era defensora ferrenha dos direitos humanos e das causas de diversidade.

Formou-se em Ciências Sociais na PUC-Rio e concluiu o mestrado em Administração Pública pela Universidade Federal Fluminense. Segurança era um tema que apaixonava Marielle.

Em 2016 elegeu-se para a Câmara de Vereadores como uma das mais votadas da cidade. Sua atuação na Câmara foi marcada pela luta pela voz e vez das periferias e favelas, motivo de confrontos com grandes forças políticas.

No dia 14 de março de 2018, foi vítima de uma grande violência e nos deixou com apenas 39 anos. Mas tristeza não era com Marielle! Seu sorriso, seu trabalho e sua história rodaram o mundo, inspirando milhares de jovens e mulheres no país e no exterior.

Hoje o nome de Marielle Franco é símbolo de luta coletiva pelos direitos à vida, segurança, reconhecimento e respeito à diversidade de todos e todas na luta por cidadania.

Marielle, presente!

Marielle Franco

27 de julho de 1979
14 de março de 2018

Todos os direitos desta edição reservados à Malê Editora e Produtora Cultural Ltda.
Direção: Francisco Jorge & Vagner Amaro

Gênios da nossa gente
ISBN: 978-65-85893-11-4
Edição: Vagner Amaro
Ilustrações: Estevão Ribeiro
Diagramação: Dandarra Santana
Revisão: Louise Branquinho

Texto revisado segundo o novo Acordo Ortográfico da Língua Portuguesa.
Proibida a reprodução, no todo, ou em parte, através de quaisquer meios.

Dados internacionais de catalogação na publicação (CIP)
Vagner Amaro – Bibliotecário - CRB-7/5224

C957g	Cruz, Eliana Alves
	Gênios da nossa gente: personalidades negras. / Eliana Alves Cruz, Estevão Ribeiro. — 1. ed. — Rio de Janeiro : Malê, 2024.
	64 p. : il. color.
	ISBN:978-65-85893-11-4
	1. Literatura infantil I. Título.
	CDD 025.8

Índices para catálogo sistemático: 1. Literatura infantil 028.5

Editora Malê
Rua Acre, 83, sala 202, Centro. Rio de Janeiro (RJ)
www.editoramale.com.br
contato@editoramale.com.br

malê
Mirim

Esta obra foi composta em
Rockwell-condensed e Comiquita Sans
para a Editora Malê e impressa na gráfica
Optagraf em junho de 2024.